Alma Flor Ada ● F. Isabel Cam[

OJOS DEL JAGUAR

Ilustrador

Felipe Dávalos

ALFAGUARA
INFANTIL Y JUVENIL

© Del texto: 2004, Alma Flor Ada y F. Isabel Campoy

© De esta edición:

2004, Santillana USA Publishing Company, Inc.

2105 NW 86th Avenue, Miami, FL 33122

Alfaguara es un sello editorial del **Grupo Santillana**. Éstas son sus sedes:
ARGENTINA, BOLIVIA, CHILE, COLOMBIA, COSTA RICA, ECUADOR, EL SALVADOR,
ESPAÑA, ESTADOS UNIDOS, GUATEMALA, MÉXICO, PANAMÁ, PARAGUAY,
PERÚ, PUERTO RICO, REPÚBLICA DOMINICANA, URUGUAY Y VENEZUELA.

Tierras hispanas C: *Ojos del jaguar*
ISBN: 1-58105-799-7

Cuidado de la edición: Claudia Baca e Isabel Mendoza

Dirección de arte: Felipe Dávalos
Diseño: Petra Ediciones

Ilustración de cubierta: Felipe Ugalde

ILUSTRACIONES
FELIPE DÁVALOS

Impreso en Colombia por Panamericana Formas e Impresos S.A.

04 05 06 07 08   8 7 6 5 4 3 2 1

A:

George Ancona

Lourdes Argüello

Julia Calzadilla Núñez

Felipe Dávalos

Alga Marina Elizagaray

Marta Dujovne

Herb Kohl

Marina Mayoral

Kuki Miller

Suni Paz

Mary Poplin

Antonio Ramos,

inspiradores del arte y la palabra,
universal y amiga.

Índice

Grandes agricultores

Los antiguos habitantes de lo que hoy es Hispanoamérica fueron agricultores inteligentes.

Elegían las semillas de las mejores plantas. Las sembraban con cuidado. Las regaban y las abonaban con dedicación.

Los incas, por ejemplo, enterraban con cada semilla de maíz una cabeza de pescado. El pescado, al descomponerse, servía de abono.

Así desarrollaron muchas variedades de maíz, de papa, de frijoles, de tomates, de chiles. Hoy, el mundo entero se beneficia con el fruto de sus esfuerzos.

Terrazas incas

Indígenas
mayas

7

Alimentos para la humanidad

Los alimentos desarrollados por los antiguos habitantes de Hispanoamérica, principalmente el maíz y la papa, hoy día ayudan al sustento de la población en Europa, en Asia, en África y en todo el continente americano.

A través de los siglos, en Europa ocurrieron muchas guerras. Los soldados les quitaban a los campesinos los alimentos que tenían almacenados. En los duros inviernos, los campesinos morían de hambre.

Cuando empezaron a cultivar papas, los campesinos
descubrieron que podían dejarlas bajo la tierra durante
todo el invierno. Las cosechaban sólo cuando las
necesitaban. Así, los soldados no se las robaban.

En países como Polonia, Hungría e Irlanda, la papa se
convirtió en el alimento principal, y contribuyó para
que la población prosperara y aumentara.

Hoy en día, la papa y el maíz son dos de los alimentos
más importantes del mundo.

Plantas medicinales

Los primeros habitantes de Hispanoamérica descubrieron que algunas plantas podían curar enfermedades y ayudar a conservar la salud.

También cultivaban plantas como el tabaco para usarlas en sus ceremonias religiosas. Desgraciadamente, el tabaco produce enfermedades, y en la actualidad se conocen sus terribles efectos en la salud de quienes lo consumen.

Gran parte del conocimiento que tenían los antiguos hispanoamericanos acerca de las plantas se continúa utilizando hoy, y ha servido para crear tratamientos médicos modernos.

Magistrales arquitectos

Los antiguos habitantes de Hispanoamérica construyeron grandes ciudades y edificios monumentales, a pesar de que el terreno les hacía el trabajo muy difícil.

Los aztecas fueron capaces de construir la hermosa ciudad de Tenochtitlán, capital de su imperio, sobre islas, en el lago Texcoco.

Los uros construyeron islas flotantes para vivir sobre
las aguas del lago Titicaca, en las alturas de Puno, en lo
que hoy es Perú.

A los incas tampoco los detuvieron las montañas. En las
alturas de la Cordillera de los Andes aún pueden verse
restos de sus sorprendentes ciudades de Machu Picchu y
Ollantaytambo, y de la imponente fortaleza de Sacsahuamán.

Sacsahuamán

Astrónomo azteca

Astrónomos admirables

Los aztecas, los mayas y los incas fueron grandes astrónomos. Estudiaron el movimiento de las estrellas y los planetas, y crearon extraordinarios calendarios.

Los aztecas y los mayas crearon calendarios solares capaces de medir los 365 días del año en forma muy parecida a como lo hacemos hoy.

Calendario
azteca

Los antiguos habitantes del Perú
hicieron en el desierto de Nazca
enormes dibujos que sólo pueden
verse desde el aire. Están llenos
de misterio, pero se cree que
pudieron haber sido usados
como un gigantesco calendario
solar y lunar que funcionaba
con las sombras.

Numeral
maya

Paisaje de Nazca

Extraordinarios organizadores

Gracias a su organización, los antiguos habitantes de Hispanoamérica consiguieron cubrir sus necesidades y que les sobrara tiempo para realizar otras actividades.

Poder satisfacer las necesidades de casa, alimento, ropa y cuidados de cada persona de la comunidad es muestra de un gran adelanto.

Saber guardar alimentos para los años de sequía o de dificultades también es muestra de gran progreso.

Usaron el tiempo libre para descansar y jugar; para hacer ceremonias religiosas y espléndidas fiestas; para crear cosas bellas: edificios, esculturas, cerámica, pinturas. Y para crear sistemas de escritura, como se ve en los códices mayas, unos libros antiguos escritos a mano que aún se conservan.

Festividad solar mexica

Constantes creadores de belleza

Los antiguos habitantes de Hispanoamérica creían que todas las cosas útiles deben ser además hermosas. Y así, eran hermosos sus cestos y canastos; sus tejidos; sus vasijas para agua o alimentos; los arcos y flechas con que cazaban; sus edificios.

Hoy, muchos de sus descendientes viven en una gran pobreza. No les sobra nada. A veces, apenas les alcanzan sus recursos para vivir. Y sin embargo, siguen creando cosas bellas. Como sus antepasados, siguen pensando que las cosas deben ser bellas. Y son hermosos sus tejidos y bordados; sus cestas de múltiples formas y tamaños; sus vasijas de barro.

Figura sonriente de cerámica totonaca

Artesanías para el mundo

En la actualidad, en muchos casos, los indígenas adquieren para su uso personal utensilios y prendas fabricados industrialmente y se dedican a hacer cosas hermosas para venderlas como artesanías.

Estos bellos objetos pueden adornar y alegrar nuestras casas, como las cerámicas de Tonalá, los tapices guajiros de Venezuela, los tejidos de alpaca de Bolivia, las molas de Panamá, las figuras llenas de color de El Salvador, y muchas cosas más.

El estilo de sus decoraciones ha variado a través de los años. Y también han incorporado nuevos elementos que trajeron los españoles. Por ejemplo, antes de que los españoles vinieran a América no había ovejas. Algunos descendientes de quienes antes tejían en algodón, hoy tejen con lana de oveja.

Las artesanías son objetos hechos con materiales de poco costo, que el espíritu y trabajo del artesano pueden convertir en verdaderas obras de arte.

¡Cuánto más hermoso es decorar nuestras casas con objetos hechos a mano que con los que son producidos en serie en las fábricas!

Pérdidas irremplazables

En toda Hispanoamérica aún hay comunidades indígenas. Desgraciadamente, muchas están desapareciendo.

Año tras año desaparecen comunidades indígenas en el Amazonas, porque se destruye la selva, de donde obtienen todo lo que necesitan para vivir. También se extinguen animales y plantas, y con ellos, la posibilidad de encontrar remedios para muchas enfermedades.

Cuando una comunidad indígena desaparece, su idioma muere y perdemos sus tradiciones, su cultura, su sabiduría.

La desaparición de las comunidades indígenas es una pérdida irremplazable que debe evitarse.

Riqueza y diversidad

En México existe una gran diversidad de comunidades indígenas. Sus antepasados habitaban América siglos antes de la llegada de los españoles. Algunas han logrado conservar su cultura.

Los antepasados de los *mixtecas* construyeron la extraordinaria ciudad de Mitla. Crearon objetos hermosísimos y códices en los que trasmitían sus conocimientos. Hoy, los mixtecas viven en Oaxaca, Guerrero y Puebla. Se dedican a la agricultura; cultivan maíz, frijoles y chiles.

Los antiguos *zapotecas* construyeron Monte Albán, una de las ciudades más importantes de su época. Crearon impresionantes expresiones de arte. Hoy, los zapotecas viven en Oaxaca, Guerrero, Veracruz y Chiapas. Se dedican a la agricultura, y en algunas comunidades también son importantes la cría de ovejas y la producción de tejidos. Cada año celebran en Oaxaca la Guelaguetza, un festival donde participan magníficos danzantes.

Los *huastecos* son descendientes de los maya-quiché. Habitan en San Luis Potosí y Veracruz. Se dedican a la agricultura y la ganadería, y conservan hermosas danzas prehispánicas, llamadas *chalenas*.

Los *lacandones*, que viven al norte de Chiapas, podrían desaparecer, porque la selva donde habitan está en peligro de ser destruida.

ESTADOS UNIDOS

MÉXICO

Golfo de México

SAN LUIS POTOSÍ

VERACRUZ

Ciudad de México

PUEBLA

Océano Pacífico

GUERRERO

OAXACA   CHIAPAS

Los sabios mayas

La cultura de los antiguos mayas es una de las más extraordinarias que ha existido.

Construyeron grandes y hermosas ciudades como Tikal, Bonampak, Palenque, Uxmal y Chichen Itzá. Tallaron la piedra primorosamente; adornaron sus ciudades con esculturas y pinturas murales.

Fueron grandes astrónomos. Y establecieron un sistema de contar basado en el número veinte, que les permitía hacer todo tipo de cálculos matemáticos. Fueron una de las pocas culturas que descubrieron el concepto del cero, esencial para las matemáticas.

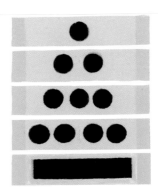

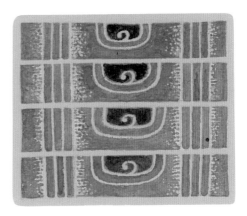

Pintura mural de Bonampak

También crearon grandes obras literarias. No se ha logrado interpretar todo lo que escribieron en sus códices, pero se conocen algunas obras dictadas y escritas en maya que fueron recogidas en el alfabeto español. La más importante es el *Popol Vuh*.

Los mayas habitan hoy en Yucatán, México, Guatemala y el resto de Centroamérica, enfrentando la vida con dignidad y esfuerzo. Los abusos de que son víctimas han sido denunciados por muchas personas justas, entre ellas Rigoberta Menchú. Esta valiente mujer indígena recibió el premio Nobel de la Paz en 1992 como reconocimiento a su trabajo para que se conozca la dolorosa situación de los pueblos indígenas.

Identificados con la naturaleza

En las costas del lago de Maracaibo, en Venezuela, y en la
península de La Guajira, en Colombia, viven los *guajiros*,
un pueblo arahuaco amante del color. Los guajiros recrean
la belleza en sus ropas, en la decoración de sus tejidos
y en el hilado de sus hamacas.

También en Venezuela viven los *pemones*, en tierras
muy áridas de escasa vegetación, en sencillas chozas sin
paredes, durmiendo en hamacas. Apenas subsisten con
la crianza de pequeños rebaños de cabras. Sin embargo,
han creado hermosas leyendas y cuentos para explicar
la vida a su alrededor.

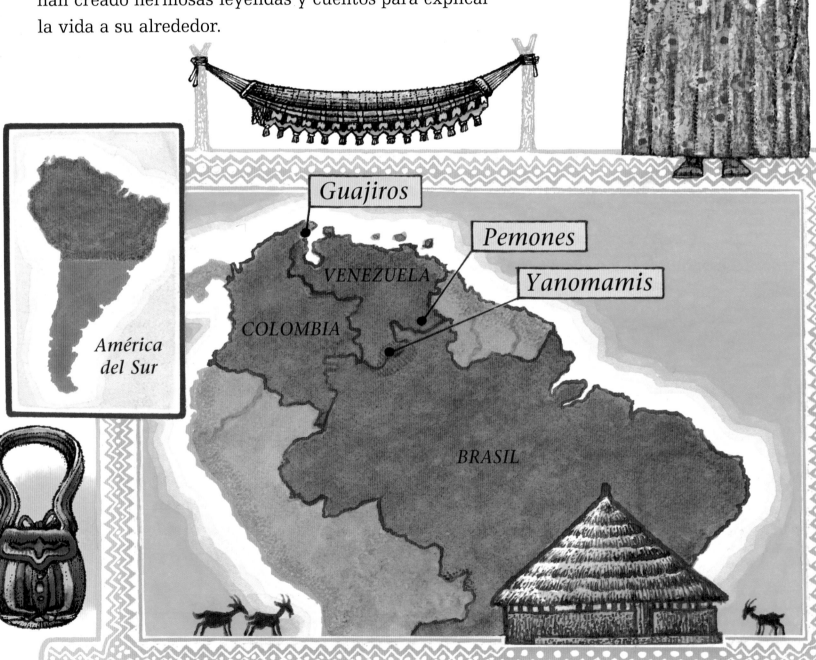

América
del Sur

Guajiros

Pemones

Yanomamis

VENEZUELA

COLOMBIA

BRASIL

No muy lejos, en la Amazonía, vive otro grupo importante: los *yanomamis*, que lograron mantenerse aislados y conservar su cultura intacta hasta 1940. Las enfermedades llevadas por los cazadores y los buscadores de oro que se adentran en la selva, y la destrucción de su medio ambiente, han ocasionado la desaparición de muchos yanomamis. Hoy sólo quedan unos 23,000 miembros de esta cultura. Viven de los frutos que recogen, de la caza y de la agricultura. En sus ceremonias, se pintan líneas y figuras rojas por toda la piel, como si ésta fuera una tela.

Pareja yanomami

Distintas respuestas a la vida

En Colombia existen hoy ochenta grupos indígenas que hablan en total sesenta y cuatro lenguas. Tristemente, el número de miembros de estas comunidades ha ido disminuyendo. Todos suman aproximadamente medio millón de personas, un dos por ciento de la población del país.

Los *otavaleños* residen en el Ecuador, entre Quito y la frontera con Colombia. Descienden de los *caras*, tejedores de algodón y grandes comerciantes que intercambiaban con otras comunidades algodón, mantas y sal por achiote, una semilla utilizada como condimento.

Fueron conquistados por los incas y muchos de ellos llevados al Perú. Después de la llegada de los españoles aprendieron a criar ovejas y a utilizar su lana para tejer. Hoy, en Otavalo, numerosas familias tienen telares en sus casas. Hacen mantas, tapices, cinturones y otros tejidos que venden en el mercado local, y también por todo el mundo.

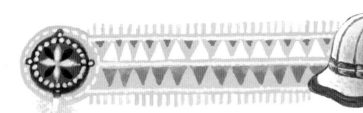

Idiomas que perviven

El aymara y el quechua son los dos idiomas indígenas
más hablados en la cordillera de los Andes.

Los *aymaras* viven en Bolivia y en el Perú, en el altiplano
andino que rodea el lago Titicaca. Son descendientes de
los creadores de la gran cultura Tiahuanaco. Se dedican
a la pesca, la agricultura y los trabajos artesanales.

En el Perú viven hoy los *quechuas*, cuyos antepasados
crearon el gran imperio incaico. Siembran en terrazas,
con métodos similares a los antiguos, y cultivan papa,
maíz y un cereal muy nutritivo llamado quinua.
También tienen rebaños de llamas que usan como
medio de transporte, además de aprovechar su fina lana.

*Indígenas
quechuas*

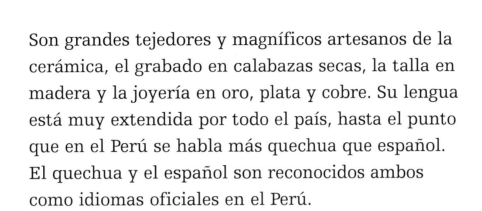

Son grandes tejedores y magníficos artesanos de la cerámica, el grabado en calabazas secas, la talla en madera y la joyería en oro, plata y cobre. Su lengua está muy extendida por todo el país, hasta el punto que en el Perú se habla más quechua que español. El quechua y el español son reconocidos ambos como idiomas oficiales en el Perú.

Hoy existen en Paraguay pocas comunidades *guaraníes*. Sin embargo, la mayoría de los paraguayos habla guaraní y su cultura se mantiene viva.

Éstos son sólo unos pocos ejemplos de las diversas culturas indígenas que contribuyen a formar Hispanoamérica en la actualidad.

Indígenas aymaras

Un cambio profundo

Los españoles cambiaron la faz del continente americano y dieron comienzo a una nueva realidad: la hispanoamericana.

Sin saberlo, los primeros españoles trajeron enfermedades para las cuales los indígenas no tenían defensas. Y provocaron la muerte de miles de ellos. Otros murieron a consecuencia de las guerras y los maltratos.

También trajeron todo lo bueno que poseían: caballos de paso fino, vacas, ovejas, cabras, árboles frutales y plantas como la caña, y sus conocimientos para producir el azúcar.

Además, trajeron la navegación a vela y la construcción con ladrillos y tejas de barro que hoy caracteriza gran parte de la arquitectura de Hispanoamérica, así como de la Florida y del suroeste de los Estados Unidos, pues a estas tierras también llegaron los españoles.

La mayoría de los españoles eran hombres solos, y formaron familias cruzándose con las mujeres indígenas. Muy pronto había surgido un nuevo grupo humano, con una herencia española e indígena: los mestizos.

Los españoles no dudaron que los indígenas tenían alma y se esforzaron por convertirlos a su religión. Para ello hicieron construir iglesias monumentales. Pero como querían que sólo existiera su religión, muchas veces destruían los templos indígenas y levantaban sus iglesias sobre el mismo lugar. Así desaparecieron muchos monumentos indígenas.

La gran contribución africana

Apenado por el sufrimiento de los indígenas del Caribe,
el fraile español Bartolomé de las Casas sugirió traer
personas africanas a trabajar por la fuerza en las
plantaciones. Así se inició uno de los más espantosos
capítulos de la historia de la humanidad: la captura
y venta de personas de África como esclavos. Y así
llegó a Hispanoamérica un tercer grupo humano, que
ha contribuido a crear la realidad hispanoamericana
de hoy.

Aunque no pudieron traer consigo posesiones
materiales, los africanos trajeron su cultura, sus creencias,
sus idiomas —lucumí, yoruba, carabalí, congo—;
su conocimiento de muchas plantas y su uso medicinal;
su amor a la música y el baile, y su habilidad para
construir instrumentos musicales.

Los hermanos Santa Cruz

Entre sus descendientes ha habido muchas personas notables, como los grandes patriotas cubanos Antonio Maceo y Juan Gualberto Gómez; el poeta Nicolás Guillén; los hermanos Santa Cruz, creadores de la compañía de danza Perú Negro; músicos y cantantes como Bola de Nieve y Celia Cruz; grandes atletas en todos los deportes y, en general, muchas personas que se han distinguido o han contribuido en todas las fases del vivir.

Las personas africanas contribuyeron a formar un nuevo pueblo en Hispanoamérica. Un pueblo con tres raíces: indígena, africana y española.

Aprecio por la educación

Todas las culturas crean modos de educar a sus jóvenes.
Los antiguos aztecas educaban a los jóvenes nobles en
escuelas llamadas "calmecac". Los españoles, a su vez,
crearon escuelas y universidades para los jóvenes
indígenas de la nobleza.

Las primeras universidades en las Américas fueron la
de Santo Tomás de Aquino, en Santo Domingo, fundada
en 1530; la de San Marcos, en Lima, establecida en 1551;
y la Imperial y Pontificia Universidad de México, que hoy
se llama Universidad Nacional Autónoma de México,
fundada en 1553. Todas ellas son mucho más antiguas que
la Universidad de Harvard, fundada en 1636 por colonos
ingleses en los Estados Unidos.

**Las primeras universidades
de Hispanoamérica se fundaron
en el siglo XVI.**

**Fachada actual de la Universidad
de Santo Tomás de Aquino,
en Santo Domingo**

Los españoles también establecieron excelentes escuelas de pintura y escultura, como las de Cuzco y Quito; así como escuelas de música, coros y orquestas. Reconociendo el talento artístico de los indígenas, les enseñaron sus propios conocimientos artesanales, construyeron telares como los usados en Europa, difundieron el uso de la lana de oveja, los bordados y encajes, y el trabajo en cuero, madera y metales.

El resultado de esa mezcla de técnicas y estilos es la extraordinaria artesanía y el desarrollo artístico de la Hispanoamérica actual, donde sigue habiendo grandes arquitectos, escultores, pintores y artesanos.

La fuerza de la palabra

Los aztecas y los mayas conocieron el uso de la escritura, que realizaban sobre *amates*, una especie de papel fabricado con corteza de árbol.

Los incas utilizaban los *quipus*, un sistema de nudos en cordeles de distinto grosor, longitud y color con los cuales se transmitían mensajes cifrados.

Sorprendidos por las grandezas que encontraron en el continente americano, los primeros españoles que llegaron a las Américas escribieron numerosos libros, llamados crónicas, en los que describían cuanto veían a su alrededor. Algunas de las crónicas fueron escritas por indígenas que habían aprendido español, como Huamán Poma de Ayala; o por mestizos como el Inca Garcilaso de la Vega, hijo de un conquistador español y una princesa inca.

Huamán Poma de Ayala

Garcilaso de la Vega

Sor Juana Inés de la Cruz

Quipus incas

Muy pronto, los españoles trajeron la imprenta, y a lo largo y ancho de Hispanoamérica se empezaron a publicar numerosos libros. Surgieron extraordinarios escritores, como Sor Juana Inés de la Cruz, en México.

La tradición de producción literaria de calidad ha perdurado con el tiempo. Algunos de los mejores escritores del mundo actual son hispanoamericanos, incluyendo a los ganadores del Premio Nobel —Gabriela Mistral, Miguel Angel Asturias, Pablo Neruda, Gabriel García Márquez y Octavio Paz— y a otros autores reconocidos internacionalmente, como Carlos Fuentes, Jorge Luis Borges, Alejo Carpentier e Isabel Allende.

Imprenta del siglo XIV

A ritmo de corazón

La música era muy importante en las culturas indígenas prehispánicas. Siempre estaba presente en las ceremonias religiosas y los acontecimientos comunitarios.

La población africana aportó su voz y ritmo a la música de Hispanoamérica. Sus cantos y bailes dieron lugar a una gran variedad musical y a un ritmo propio.

Como España es un país de enorme diversidad, los bailes y las canciones aportados por los españoles son también muy variados, así como los hermosos trajes que los acompañan y que, en muchos casos, han servido de base a los trajes regionales hispanoamericanos.

España aportó además un instrumento musical que hoy es símbolo de la cultura hispánica a ambos lados del Atlántico: la guitarra.

La guitarra ha acompañado a grandes poetas hispanoamericanos, españoles y latinos que han cantado sus sentimientos y su realidad social en todos los rincones del mundo: Atahualpa Yupanqui, Violeta Parra, Víctor Jara, Mercedes Sosa, Joan Manuel Serrat, Joan Báez.

A través de la música se han conseguido algunos de los éxitos más importantes de la cultura hispánica, tanto en América Latina como en España. Son ejemplos de ello el Ballet Nacional de Cuba, dirigido por Alicia Alonso; la zarzuela española; cantantes de ópera como Plácido Domingo y Montserrat Caballé; compositores como Ernesto Lecuona, e intérpretes como los pianistas Alicia de la Rocha, Pablo Casals, Segundo Segovia y José Iturbi. Muchos nombres ilustres llevan nuestra música por todo el planeta.

Traje folclórico español

Traje folclórico dominicano

Hacia el futuro

El mundo hispánico ocupa un inmenso territorio, con diecinueve países latinoamericanos, España y cerca de treinta y cinco millones de personas de origen hispano en los Estados Unidos.

Las tierras de estos países son diversas, a veces con grandes riquezas, y en otros casos con grandes retos.

En estas tierras se hablan muchos idiomas, además del español. En España, a la par del castellano se habla gallego, catalán y euskera. En Hispanoamérica hay cientos de lenguas indígenas y algunas lenguas de origen africano.

Todo hispanoamericano es mestizo. Puede serlo por la sangre o por la cultura, pero todos tenemos raíces en las que se entremezclan lo indígena, lo africano y lo español. Dentro de estas grandes categorías hay además muchos aportes de otras culturas del mundo. Todo ello hace que la cultura hispanoamericana sea rica y diversa.

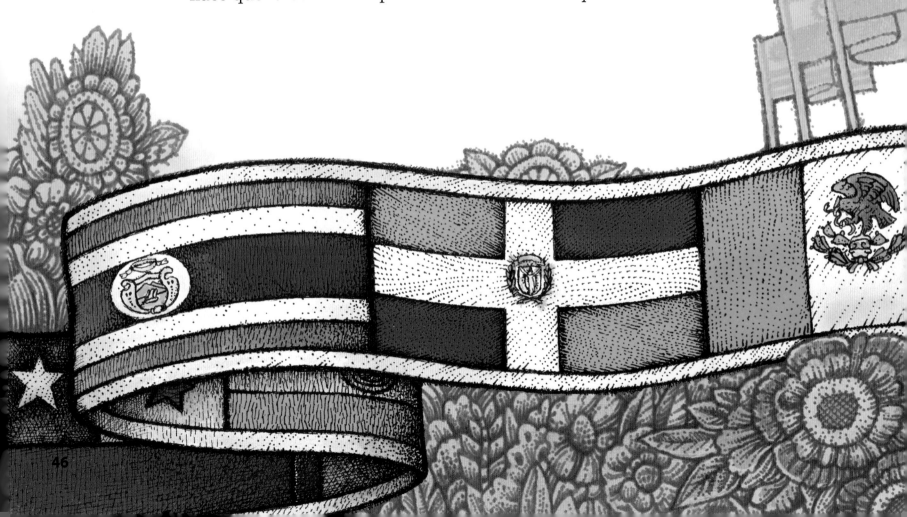

El mundo
hispánico

Los millones de personas que forman el mundo
hispánico y hacen del español uno de los idiomas más
importantes del planeta, están unidos. A pesar de sus
diferencias, los hermana una promesa y un propósito de
futuro: contribuir a un mundo mejor, de mayor justicia
para todos, de respeto a la naturaleza y la diversidad.
Un mundo en que florezca la creatividad de cada
persona y su posibilidad de vivir dignamente,
en igualdad de derechos y en solidaridad.